HUEVOS RANCHEROS

NIKO, I LOVE YOU!

ENJOY

Uncle John

Para Pauline Lawson

Huevos rancheros
Artes de México, 2006
Segunda edición en México

Primera edición en México
Artes de México, 2001

Primera edición simultánea en Canadá y Estados Unidos
Tradewind Books, 2001
2216 Stephens Street, Vancouver,
British Columbia, Canadá V6K 3W6

DISEÑO: Andrew Johnstone
IMPRESIÓN Y ENCUADERNACIÓN: China

Las ilustraciones fueron realizadas en aguada sobre papel amate de San Pablito,
Puebla. El papel picado fue elaborado a mano en San Salvador Huixcolotla, Puebla.

El autor desea expresar su agradecimiento a Ana Feldman, Agregada Cultural y
de Educación del Consulado General de México en Vancouver, por su cuidadosa
supervisión de los textos y las ilustraciones. Agradece también a M. Soledad Barraza,
de la Secretaría de Turismo de México; a Timothy Rhodes, a Bobbe Needham, a Juan
Carlos Arteaga, a María Vásquez, a Jaime Mendoza y a Emilie Smith.

D.R. © Del texto y las ilustraciones: Stefan Czernecki, 2001.
D.R. © De la traducción: Verónica Murguía, 2001.

D.R. © Artes de México, 2001
Córdoba 69
Col. Roma, 06700,
México D.F
Teléfonos 52 (55) 5525 5905

ISBN: 970-683-165-7

HUEVOS RANCHEROS

Stefan Czernecki

Versión en español de Verónica Murguía

Marcelina la gallina vivía en una pequeña jaula. La jaula se hallaba en un balcón y el balcón quedaba arriba de la cantina del señor Raúl. La cantina del señor Raúl estaba en el centro de la ciudad de México. Todos los días Marcelina ponía huevos y el señor Raúl los cocinaba con salsa para que en su cantina siempre hubiera los *huevos rancheros* más deliciosos. Al señor Raúl le gustaba mucho cantar. Todas las noches le llevaba serenata a la gallina Marcelina. Y cada noche Marcelina soñaba con el día en que ya no viviría en una jaula.

Cuando el señor Raúl limpiaba la jaula de Marcelina cubría el fondo con su periódico favorito, *Un huevo día*. Una mañana Marcelina leyó un encabezado que decía: "Coyotepec busca gallina ponedora". El artículo decía que no había gallinas en el pueblo de Coyotepec. Sin ellas tampoco había huevos, y sin éstos el padre Tomás no podía cocinar su platillo favorito, *huevos rancheros*. Marcelina cacareó emocionada. Se iría a Coyotepec.

Una noche, después de dar serenata a Marcelina, el señor Raúl se fue a dormir sin cerrar la jaula. Marcelina la gallina escapó. Se dejó caer aleteando hasta la bulliciosa calle; por suerte aterrizó sobre el techo de un camión y dentro de una canasta. Mientras el destartalado camión se bamboleaba y repiqueteaba como una matraca por las estrechas calles, un viento delicioso le esponjaba las plumas. Muy pronto el camión se encontró dando brincos por un camino polvoriento, entre maizales y nopaleras llenas de flores amarillas.

Después de hacer varias paradas, por fin el chofer gritó: "¡Coyotepec!" Marcelina la gallina bajó de un salto y se dirigió rápidamente a la iglesia. Se peinó las plumas, echó para atrás su bella cresta colorada y picoteó la puerta. El padre Tomás abrió. No podía creer lo que veían sus ojos: "¡Una gallina! ¡Mis plegarias han sido escuchadas!" exclamó.

El padre tomó la gallinita en brazos, pero en lugar de llevarla a un hermoso gallinero la encerró en una jaula. Marcelina cacareó todo el día pero, por supuesto, el padre Tomás no entendía lo que Marcelina le quería decir. Marcelina le preguntaba sin cesar: "¿Por qué me encierra en esta jaula?"

De pronto un ratoncito asomó la cabeza por su agujero. "Es para protegerte del coyote. El coyote se comió a las otras gallinas", le dijo a Marcelina. "Viene en la noche, cuando hay luna llena. Las devora y luego nomás escupe un montón de huesitos y plumas".

Esa noche, mientras la luna llena iluminaba el pueblo de Coyotepec, Marcelina escuchó una hermosa y, a la vez, triste canción. "Ése es el coyote", dijo el ratón. "¡Qué voz tan bonita!", pensó Marcelina. Le recordaba las bellas melodías que cantaba el señor Raúl. Marcelina la gallina exclamó entonces: "Apuesto a que alguien que entona canciones tan bonitas no puede ser tan malvado. ¡Me gustaría conocerlo!" Y le pidió al ratón: "Oye ratoncito, ¿podrías sacarme de esta jaula?" El ratoncito contestó: "Pero gallinita, ¡el coyote te va a comer!" "Estoy segura de que puedo convencer al coyote de que no me coma. ¿A quién se parece el coyote?, ¿al gato o al perro?" preguntó Marcelina. "El coyote es un tramposo. Es las dos cosas, gato y perro a la vez. Y, además, es él mismo. Caza a solas como un gato, pero de aspecto parece más un perro", contestó el ratón. Después de mucho platicar, el ratón cedió. Marcelina lo convenció de que abriera la jaula.

Marcelina sacudió su hermosa cresta colorada y valientemente salió de la jaula para averiguar por qué el coyote cantaba canciones tan tristes. "¿Cómo es posible que ande tan apesadumbrado cuando todos los animales le tienen miedo?" se preguntó Marcelina. Corrió por las calles oscuras y estrechas hasta llegar a una loma empinada. Allí, sentado, el coyote aullaba sus tristes canciones a la luna. Marcelina se acercó y el coyote, sorprendido, la miró: allí, frente a él, estaba una gallina redonda y gordita. "¡Qué delicia!", pensó.

Lo más maravilloso era que la gallina no le tenía miedo. Marcelina le dijo: "Oye coyote, ¡cantas muy dulcemente y tus canciones son muy bonitas!" El coyote paró las orejas. Nunca nadie le había dicho algo parecido, y sintió que los ojos se le llenaban de lágrimas. "Ay gallinita, me siento muy solo porque sé que todos me tienen miedo. Pero tengo que comer para vivir". Marcelina miró al coyote a los ojos, supo qué era lo que él estaba pensando y le dijo: "Fíjate coyote, debajo de estas plumas estoy muy flaca. Soy una gallina vieja y mis huesos son como palillos de dientes. Si me comes, se te pueden atorar en la garganta y entonces se arruinará tu bella voz". "Pero gallinita, tengo hambre, tengo que comer", le contestó el coyote.

"Coyote, si me comes, desapareceré, y de todos modos te volverá a dar hambre. Yo sé cómo hacerle para que siempre tengas la panza llena". El coyote preguntó con ansiedad: "¿Cómo?" "Los *huevos rancheros* son la solución", contestó Marcelina. "Para prepararlos necesitamos huevos frescos de gallina". El coyote aceptó. "Los probaré" dijo. No tenía nada qué perder. Si la gallina no decía la verdad, él se la comería. "Espérame aquí, ahorita regreso", cacareó Marcelina y salió corriendo hacia la parroquia.

Marcelina sacó dos huevos de su jaula y se metió a escondidas a la cocina. Luego regresó a donde estaba el coyote con un plato humeante. Cuando el coyote se comió el primer bocado, Marcelina se puso el ala sobre el corazón, pero el coyote, con el hocico lleno, dijo: "¡Gallinita, qué delicia! ¡De haber sabido que los *huevos rancheros* eran algo tan maravilloso, no me hubiera comido a esas pobres gallinas!"

Al día siguiente, se celebraba la fiesta de san Antonio Abad, el santo patrono de los animales. Cuando amaneció, el padre Tomás fue a buscar los huevos frescos con los que había soñado. Se horrorizó al encontrar la jaula vacía. "¡Fue el coyote!", gritó. Pero detrás de los nopales que rodeaban la parroquia, apareció de pronto Marcelina, cacareando muy contenta. El padre Tomás se puso feliz. Su nueva gallina estaba a salvo. La levantó y la abrazó con fuerza.

Esa tarde los habitantes de Coyotepec se reunieron en la plaza frente a la iglesia. Llevaban a sus animalitos muy adornados, listos para recibir la bendición, como se acostumbra en la fiesta de san Antonio. El coyote, por supuesto, no había sido invitado. Cuando el padre Tomás y la gallina Marcelina aparecieron en la plaza, los ahí presentes se pusieron felices, y los recibieron con exclamaciones de alegría. Marcelina aprovechó el momento en el que todos estaban distraídos y se escapó sin que nadie se diera cuenta. Iba por el coyote.

Al rato, Marcelina regresó con el coyote. Se hizo un gran silencio en la plaza. Los animales se dispersaron y fueron a esconderse. Los pobladores estaban muy enojados y protestaron: "Oye tú, coyote, ¿quién te dijo que podías venir a nuestra fiesta?" exclamaron. Marcelina dio un grito con toda la fuerza de sus pulmones: "¡Yo lo invité! ¡Esta fiesta es para todos los animales!" Al oírla hablar en lugar de cacarear, la gente se quedó paralizada y con la boca abierta. Entonces el padre Tomás dijo: "Éste es un auténtico milagro". Se acercó al coyote y lo bendijo.

Esa noche la gallina Marcelina
bailó como nunca en su vida.
El coyote cantó sus hermosas
canciones hasta que se quedó ronco.

Receta de huevos rancheros
Para dos personas

Salsa ranchera
1 cucharadita de aceite
1 diente de ajo, finamente picado
1 cucharada de cebolla picada
1 jitomate grande, picado
2 cucharadas de puré de tomate
1/2 taza de agua
1/4 taza de cilantro picado
2-4 chiles serranos
Sal y pimienta al gusto

Huevos estrellados
1 cucharada de aceite
2 tortillas de maíz
4 huevos

Salsa ranchera
Calienta el aceite en una cacerola chica y fríe el ajo y la cebolla hasta que estén transparentes. Agrega el jitomate y el puré y deja hervir a fuego lento unos minutos, antes de agregar el resto de los ingredientes. Deja hervir la salsa de 3 a 5 minutos más hasta que haya espesado un poco.

Huevos estrellados
Calienta el aceite en una sartén. Fríe las tortillas ligeramente, deja que se escurran sobre toallas de papel, pero manténlas calientes hasta que los huevos estén listos para servirse. Fríe los huevos, dos al mismo tiempo, y colócalos encima de cada tortilla. Sírvelos inmediatamente cubiertos de la salsa ranchera.